Edition 350

Aphorismen / Aforismos

Maria de Nazaré Sanches

Hinter dem Schweigen steckt manchmal eine lange Nacht

Por trás do silêncio
oculta-se por vezes
uma longa noite

Herausgegeben und mit einem Nachwort versehen von Tobias Burghardt

Edition 350
im Verlag der Kooperative Dürnau

Erste Auflage
Edition 350
im Verlag der Kooperative Dürnau, D-88422 Dürnau

Titelzeichnung von Juana Burghardt
Herstellung Kooperative Dürnau
ISBN: 3-88861-116-4

Maria de Nazaré Sanches

Hinter dem Schweigen steckt manchmal eine lange Nacht

Por trás do silêncio
oculta-se por vezes
uma longa noite

Der Aphorismus als „Schelmensprache"

Ich habe mich oft gefragt, ob der Aphorismus nicht eine Art Schelmensprache bildet. Zunächst definiere ich ihn als einen Gedankensplitter, dessen Bedeutung jenseits des Geäußerten liegt - eine Art Orakelsprache. Der Aphoristiker äußert etwas Verschlüsseltes, das der Leser bekommt und dessen Bedeutung er zu entziffern sucht. Er liest es dem Strich nach, (macht also eine syntagmatische Lektüre) und eine andere, die ich paradigmatisch nenne. Aus beiden versucht er also, eine Botschaft zu ziehen, wobei er eine Metasprache benutzt. Das Ergebnis ist jedoch auch fragwürdig. Das Ziel des Aphoristikers wurde erreicht. Die Pointe ergibt sich aus dieser Kommunizierbarkeit des Schweigens. Zwar wird etwas geäußert und empfangen, aber es ist nur Schein. Hier ist die Sprache der Vermittler, der auf eine andere Ebene - die der Andeutung - hinweist, demaskierend und sich selbst in Frage stellend.

Beim Schelmenroman ist der Schelm dieser Vermittler. Das Ziel des Erzählens ist etwa die gesellschaftliche Kritik, der

Umsturz der bestehenden Werte, die Einstellung für das Bewahren des menschlichen Sinns. Der Schelm ist flach. Am Ende bleibt er er selbst, wie der Aphorismus verschlüsselt bleibt. Hier wie beim Aphorismus ermöglicht der Schelm eine syntagmatische Lektüre (den Abenteuern nach) und eine paradigmatische, d.h. eine In-Frage-Stellung von Kopf bis Fuß. Hier wie da ergibt sich auch die Pointe aus der Geschwätzigkeit des Schweigens. Der Schelm ist ein Scheingesprächspartner und ist sich dessen nicht bewußt, deswegen wirkt er komisch bis lustig. Doch steckt hinter seiner lustigen Facette der Ernst des ständigen Mißverstandenwerdens, das ihn isoliert.

So bewegen sich Aphorismus und Schelm in ihrer eigenen Sphäre, die von ihrer eigenartigen Logik regiert wird. Als Außenseiter bildet der Schelm seine eigene Welt. Sie kann Phantasie oder Wahn sein. Seine Welt prallt gegen die der anderen und desillusioniert sie dabei. Aphorismus und Schelm bilden eine hermetische Struktur, die von Wirklichkeit, Raum und Zeit relativ abgeschlossen ist. Sie sind Mythen und damit Ausdruck der freien Kritik.

Im Labyrinth der Gedanken ist das Wort ein Pfadfinder.

No labirinto do pensamento a palavra é um escuteiro.

Sie leistete ihm Gesellschaft mit Gedanken.

Ela fazia-lhe companhia com pensamentos.

Er schob alles auf die lange Bank. Die Bank schien ihm immer zu kurz.

Ele adiava sempre tudo para mais tarde. O mais tarde parecia-lhe sempre demasiado curto.

Im Kerzenlicht brennen die Schnapsideen.

À luz da vela ardem ideias descabeladas.

Die Zukunft ist ein Loch in der Gegenwart.

O futuro é uma ausência no presente.

Der Musik lauschen wie einem langen Gedankengang.

Escutar música como uma longa cadeia de pensamento.

Der Turm zu Babel sorgte für die bunte Welt der Sprachen.

A Torre de Babel provocou o mundo colorido das línguas.

Er las die Zeitung verkehrt herum, damit sich die schlechten Nachrichten ins Gute verkehrten.

Ele lia o jornal às avessas, para ver se as más notícias se tornavam boas.

Aphorismen sind wie Bilder. Sie brauchen Abstand.

Os aforismos são como quadros. Necessitam de distanciação.

Die Muttersprache ist die Sprache, die der Mutter allein gehört.

A língua-mãe é a língua que só pertence á mãe.

In den Extratouren durch die Sprache kann man noch touristische Gegenden finden.

Nas deambulações pela língua, ainda se podem encontrar zonas turísticas.

Er läßt seine Gedanken lange spazieren gehen, damit sie sich sonnen.

Ele espraia longamente o pensamento para que apanhe sol.

Wir leben am Ende der Welt. Wo ist ihr Anfang?

Nós vivemos no fim do mundo. Onde é o começo?

Es lohnt sich nicht, die Zeit mit Rachgedanken zu vergeuden. Die Rachen der Zeit holen einen ein.

Não vale a pena perder tempo com pensamentos de vingança. As goelas do tempo encarregam-se disso.

Mir liegt es nicht auf dem Gewissen. Es liegt mir auf dem Gedächtnis!

Não me pesa na consciência, pesa-me na memória!

Sie lebte sehr sparsam. Sie leistete sich keinen Extragedanken.

Ela vivia muito económicamente. Não se dava ao luxo de um pensamento extra.

"Liebe" spricht man lange aus, um sich an deren Kürze nicht zu erinnern.

"Liebe" pronuncia-se longo, para não nos lembrarmos da sua curta duração.

Exotische Welt in bevölkerten Lektüren: Reiseliteratur.

Mundo exótico em leituras povoadas: literatura de viagens.

Die Erinnerung stirbt an der Dämmerung des Gedächtnisses.

A lembraça morre do crepúsculo da memória.

Ihm ging nichts auf die Hutschnur. Er trug nämlich keinen.

Nada lhe dava cabo da paciência. É que ele não tinha nenhuma.

Hermes sorgt noch für unsere beflügelten Gedanken.

Hermes continua a ser responsável pelos nossos "vôos".

Wenn die Mücke unter der Klappe fällt, ist es einem bewußt, man kann nicht zu hoch fliegen.

E, quando a mosca cai debaixo do mata-moscas, apercebemo-nos de que não é possível voar muito alto.

Laß die Hoffnung nicht austrocknen, wer würde sie sonst gießen?

Não deixes secar a esperança, quem a havia de regar?

Der Winter ist der Wutanfall Gottes, der sich in den anderen Jahrezeiten mit dem Menschen zu versöhnen sucht.

O Inverno é o acesso de fúria de Deus, que procura a reconciliação com o homem nas outras estações.

Wenn dir etwas fehlt, denk an die Zeit, wo dir alles fehlte.

Quando te faltar algo, pensa no tempo em que te faltava tudo.

Gelungene Gedanken sind wie die Schwalben.
Sie kommen in der richtigen Jahreszeit zurück.

Pensamentos conseguidos são como andorinhas.
Voltam na estação certa.

Die Träume der Armen sind klein. Sie gehen immer in der Welt auf.

Os sonhos dos pobres são pequenos. Cabem sempre no mundo.

Ich möchte eine Nacktschnecke sein. Angeblich richtet sie sich nach keiner Uhr.

Gostava de ser uma lesma. Pelos vistos não se orienta por relógio nenhum.

Manche Gedanken sind wie die Vögel im Flug. Wer weiß, wo sie landen?

Alguns pensamentos são como os pássaros durante o vôo. Quem sabe onde aterram?

Er ließ die Lampe an, während des Schlafes. Sie sollte über seine Träume wachen.

Ele deixava a lâmpada acesa durante o sono. Ela devia velar pelos seus sonhos.

Der Mensch vergibt, Gott vergißt.

O homem perdoa, Deus esquece.

Heute liegt Sisyphos am Fuße des Berges unter dem Felsbrocken. Die Strafe der Götter schien ihm zu doof.

Hoje Sísifo jaz no sopé da montanha sob o rochedo. O castigo dos deuses pareceu-lhe estúpido.

Komm und spiel mit mir das Als-Ob-Spiel. Zumindest ein Mal im Leben würden wir alle Regeln des Lebens verletzen. Und das nicht nur zur Faschingszeit.

Vem jogar comigo o jogo do faz de conta. Pelo menos uma vez na vida quebraríamos todas as regras e não só no Carnaval.

Die Kritiker sollen das finden, was die Autoren nicht geschrieben haben.

Os críticos devem encontrar aquilo que os autores não escrevem.

Lüge nie einen Lügner an. Er weiß, wo die Wahrheit steckt.

Nunca mintas a um mentiroso. Ele sabe onde está a verdade.

Seit Menschengedenken heulen der Wolf und der Wind umsonst.

O lobo e o vento uivam, em vão, desde tempos imemoriais.

Er sprach wie ein Wasserfall daher. Angeblich konnte ich nicht schwimmen.

Ele falava em cascata. Pelos vistos eu não sabia nadar.

Aus jedem Gedanken, den ich niederschreibe, entsteht die nie gehabte Heimat, aus der ich vertrieben werde, sobald sie niedergeschrieben ist.

De cada pensamento que escrevo, surge a Pátria nunca tida, donde sou expulsa logo que está escrita.

Der Sammler leidet an *horror vacui.* Sein Vacuum läßt sich nicht durch Sachen erfüllen.

O coleccionador tem horror ao vácuo. O seu vácuo não se deixa preencher pelas coisas.

Ein Buch zusammenfassen, heißt es zu verwörtern.

Resumir um livro é trocá-lo por palavras soltas.

Hinter dem Schweigen steckt manchmal eine lange Nacht.

Por trás do silêncio oculta-se por vezes uma longa noite.

Nachts sind alle Katzen grün, sonst würden wir die Nacht nicht überleben.

À noite todos os gatos são verdes, senão não sobreviveríamos à noite.

Die Finsternis wie ein Glühwurm beleuchten, damit die Hoffnung nicht erstickt.

Iluminar a escuridão como um pirilampo para que a esperança não sufoque.

Die Finsternis erzählt einem darüber, wie die Träume sterben.

A escuridão conta-nos como morrem os sonhos.

Kein Ort ist der Sprache zu weit.

Für Tobias Burghardt

Nenhum lugar é demasiado distante para a língua.

Para Tobias Burghardt

Die Kräfte addieren, die Probleme dividieren,
die Sorgen subtrahieren, die Lösungen multiplizieren:
Rechnungen.

*Adiconar as forças, dividir os problemas,
subtrair as preocupações, multiplicar as soluções:
contas.*

Gott hat Humor. Der Mensch kennt seine Launen.

*Deus tem humor. O homem conhece os seus
caprichos.*

Der Regen fällt schräg oder gerade. Nur wir sinken in
uns zusammen.

A chuva cai perpendicular ou oblíqua. Só nós caímos em nós mesmos.

Man geht nie denselben Weg zwei Mal.
Beide sind in der Zwischenzeit älter geworden.

Nunca se faz o mesmo caminho duas vezes.
Entretanto, ambos envelheceram.

Leise schlummerten die Gedanken in ihr.

Baixinho os pensamentos dormiam nela.

Die Metereologen sind die Vermittler zwischen dem Himmel und der Erde. Daß sie nicht göttlich sind, merkt man an ihren Fehlprognosen.

Os metereologistas são os intermediários entre o céu e a terra. O facto de que não são divinos, nota-se nos seus prognósticos errados.

Wenn ein Autor sich der Kritik aussetzt, sucht er Dialog.

Quando um autor se expõe à crítica, busca o diálogo.

Die Sonne heitert die Gedanken auf. Der Regen verwäscht sie.

O sol alegra o pensamento. A chuva debota-o.

Die Wolken sind das Abendkleid des Himmels, mit dem er mit dem Gemüt des Menschen spielt.

As nuvens são o vestido de noite do céu, com que este brinca com o humor do homem.

Ich kriege nicht alles unter einem Hut. Vielleicht brauche ich mehrere.

Não consigo conciliar tudo de uma vez. Talvez precise de várias.

Man ist nie alleine. Die Gedanken begleiten einen.

Nunca estamos sós. Os pensamentos acompanham-nos.

Sonnenblumen beten König Ra an.

Os girassóis adoram o rei Rá.

Bewegung: Gedanken niederschreiben, um den Kopf hochzuhalten und den anderen ins Gesicht zu schauen.

Movimento: apontar pensamentos, para erguer a cabeça e olhar os outros de frente.

Der Krieg hat sich an uns gewöhnt.

A guerra habituou-se a nós.

Ein Gespräch unter vier Augen muß sich vor vier Ohren hüten.

Um diálogo a dois tem que se acautelar com os quatro ouvidos.

Wenn ich einsehe, was du nicht einsiehst, dann bin ich alleine. Wenn du einsiehst, was ich einsehe, bin ich trotzdem alleine, weil wir eins sind.

Quando compreendo o que não compreendes, estou só. Quando compreendes o que compreendo, estou, mesmo assim, só, porque somos um.

Wenn man alle Alpträume in eine Büchse stecken könnte, würde nicht eine zweite Büchse der Pandora entstehen?

Se se pudesse meter todos os pesadelos numa caixa, não surgia uma segunda caixa de Pandora?

Die Palästinenser leben in der Diaspora, nicht nur, weil die Israelis ihre eigene vergessen haben, sondern auch die Erde als zu eng für zwei halten.

Os Palestinianos vivem na diáspora, não só porque os Israelitas esqueceram a sua, como também acham o a Terra estreita para dois.

Zweierlei: es gibt Kinder, die mit Waffen spielen, und es gibt Kinder, die mit Waffen ums Überleben kämpfen.

Coisas diferentes: há crianças que brincam com armas e crianças que lutam, com elas, pela sobrevivência.

Ich weiß nicht, was schlimmer ist: der Ruhm oder der Verruf.

Não sei o que é pior, a fama ou a difamação.

Die Gedanken im Kopf solange schwimmen lassen, bis sie darin ertrinken.

Deixar nadar o pensamento tanto tempo, na cabeça, até se afogar nela.

Aphoristiker beschlagnahmen die Sprache.

Os aforistas confiscam a língua.

Wenn man alles gibt, was man nicht hat, hat man alles gegeben.

Quando se dá tudo o que não se tem, deu-se tudo.

Gegenseitige Rücksicht: Polizisten und Verbrecher, die aufeinander lauern.

Consideração mútua: polícias e malfeitores que se espiam uns aos outros.

Der Aphoristiker lebt als Einsiedler in seinen Aphorismen, bis jemand sie besucht.

O aforista habita como ermita nos seus aforismos até alguém os visitar.

Die Verzeihung ist eine Gottesgabe.
Die Pflichtverletzung ist ein Gottesgeschenk.

O perdão é um dom de Deus.
Prevaricar é um presente divino.

Bücher haben Umschläge, um sich vor dem Leser nicht zu schämen.

Os livros têm capa para não se envergonharem do leitor.

Verkehrte Verhältnisse: ein klirrender Sommer und ein hitziger Winter.

Relações às avessas: um Verão de bater o dente e um Inverno de canícula.

Er tauchte in seine wissenschaftlichen Definitionen ein. Ans Licht kamen nur Blasen.

Ele mergulhou nas suas definições científicas. À tona só vieram bolhas.

Die Reue ist immer verspätet.

O arrependimento está sempre atrazado.

Nein, mir stehen nicht alle Haare zu Berge, sie stehen mir zu Gebirge!

Não, não tenho os cabelos em pé, estou pela ponta dos cabelos!

Manche Gedanken sind wie die Möwen, die an Land kommen, wenn ein Gewitter droht.

Alguns pensamentos são como gaivotas que vêm para terra quando há ameaça de tempestade.

Kafka wünschte sich „ein Land aus lauter Niemand". Ich wünsche mir ein Land aus lauter Sommer.

Kafka desejava „uma terra sem ninguém". Eu desejo uma terra só de Verão.

Wahrheit soll über die Grenze geschmuggelt werden.
Es reicht schon, daß sie nicht zaunfrei ist.

*A verdade deve ser contrabandeada além fronteiras.
Já basta ser cercada.*

Der Faulpelz trägt oft den Pelz dessen, der ihn so nennt.

O preguiçoso usa muitas vezes a pele daquele que assim o chama.

Allmählich lernte ich, daß man uns alles wegnehmen könnte, was wir hatten, aber nicht das, was wir sind.

Aos poucos aprendi que nos podiam tirar tudo o que temos, mas não o que somos.

Das Vergängliche mit einem Bleistift festhalten.

Fixar o fugaz com um lápis.

Wenn ein Mal kein Mal ist, wie oft muß es ein Mal sein, damit es ein Mal ist?

Se uma vez não são vezes, quantas vezes têm de ser uma vez, para que sejam vezes?

Der Tod zählt einem die Tage an den Fingern ab. Manchmal scheint er sich zu verzählen.

A morte conta-nos os dias pelos dedos.
Por vezes, parece enganar-se na contagem.

Es gab Gedanken, die sie verführten, und Worte, die sie ernüchterten.

Havia pensamentos que a seduziam e palavras que a tornavam sóbria.

Es ist gut, die Vergangenheit unter die Lupe zu nehmen, um die Gegenwart mit bloßen Augen zu sehen.

É bom olhar o passado à lupa para ver o presente a olho nu.

Arbeitslosigkeit wirkt wie eine ansteckende Krankheit, die jeder meiden möchte.

O desemprego actua como uma doença contagiosa, que todos pretendem evitar.

Gewissensbisse=Gewissensgebisse: sie nagen an einem.

Pesos de consciência=dentadura de consciência: elas mordem-nos.

Das Leben ist erst dann tragisch, wenn es sich nicht anders vorstellen läßt.

A vida só é trágica quando não é possível imaginá-la de outro modo.

La Traviata, deutsch gesungen, soll als eine der ersten Erinnerungen an die Fremdsprache, wie ein Mond voll Träume, gewesen sein. Später kannte sie
die Mondsichel.

A Traviata cantada em alemão, deve ter ficado como uma das primeiras lembranças da língua estrangeira, como uma lua cheia de sonhos. Mais tarde, ela conheceu o quarto minguante.

Die Psychiater hängen mehr von ihren Patienten ab als umgekehrt. Das Unterbewußtsein vieler Patienten ist phantasievoller als die Verschreibungen der ersten.

Os psiquiatras dependem mais dos doentes que o contrário, o subconsciente de muitos doentes tem mais fantasia que as receitas dos primeiros.

Der Soldat ist der Sold, den der Haß uns zurückzahlt.

O soldado é o soldo que o ódio nos paga em troca.

Es waren neblige Gedanken in der Zeitflucht.

Eram pensamentos nublados na fuga do tempo.

Meine Augen versinken in Unmündlichkeit.
Das Alphabet erfror im Eis.

Os meus olhos afundam-se na menoridade.
O alfabeto tornou-se gêlo.

Eine Arbeit nicht zu verliebt machen, die Versuchung, keine andere zu machen, ist groß.

Não fazer um trabalho com demasiada paixão, a tentação de não fazer nenhum outro é grande.

„Ich danke dir, Senhor(a), bis in den Tod hinein", ist das Dankwort der Afrikaner, das in einem Mitleid erregt. Es erinnert noch in den 60er Jahren an die Sklaverei in den ehemaligen portugiesischen Kolonien.

„Agradeço-te senhor(a) até à morte" é a expressão de agradecimento dos africanos, que cala fundo em nós. Lembra, ainda nos anos 60, a escravatura nas antigas colónias portuguesas.

Leih mir die Sprache, ich sing dir den Gesang des Lebens!

Empresta-me a língua, eu canto-te a canção da vida!

Die Finsternis wie ein Glühwurm beleuchten, damit sie die Träume nicht ertränkt.

Iluminar a escuridão como um pirilampo, para que ela não afogue os sonhos.

Ein Stammbaum ist ein Baum, der einen Stamm hat: unorthodoxe Worterklärung.

Uma árvore genealógica é uma árvore que tem uma genealogia: explicação não ortodoxa de palavras.

Der Neugierige stellt mehr Fragen, als der Wissende beantworten kann.

O curioso coloca mais questões do que aquelas a que o sábio sabe responder.

Überleg Dir alles, was Dir einfällt, sag aber nicht alles, was Du Dir überlegst.

Pensa em tudo o que te ocorre, mas não digas tudo o que pensas.

Ich hoffe, ich wäre nicht ein so zerstreuter Fisch.

Quem me dera não ser um peixe tão desorientado.

Die Zeit fragt die Zeit, wieviel Zeit die Zeit hat.
Die Zeit antwortet der Zeit, daß sie soviel Zeit hat,
wie die Zeit Zeit hat.

O tempo pergunta ao tempo, quanto tempo o tempo tem. O tempo responde ao tempo, que tem tanto tempo, quanto tempo o tempo tem.

Nom de pierre, "unakite", ne me quittes pas!

Nome de pedra, "unakite", não me abandones!

Was werden wir noch erfinden, um uns den Rest zu geben?

Que inventaremos mais, para dar cabo de nós?

Grammatik: die Nomen durch Pronomen ersetzen.
Ein dürftiger Ersatz!

Gramática: substituir os nomes por pronomes.
Uma parca substituição!

Ein Kleid anziehen, eine Halskette umbinden, einen Hut aufsetzen: sich präpositional fertigmachen.

Pôr um vestido no corpo, apertar um colar à volta do pescoço, pôr um chapéu na cabeça: arranjar-se preposicionalmente.

Bei Landeskunde vergißt man normalerweise die Kunden des Landes.

Em "Landeskunde" esquecem-se normalmente os clientes do país.

Die Leere ist ein Kopf, von nichts überfüllt.

O vazio é uma cabeça atulhada de nada.

Ein Tagebuch ist ein Buch, das uns täglich führt.

Um diário é um livro que nos norteia diáriamente.

Eine Zigarette raucht einen Menschen.
Wer zündet ihn an?

Um cigarro consome uma pessoa. Quem a acende?

La raison d’être une bête ne te donne pas la raison de l’être.

A razão de ser um animal não te dá a razão de o seres.

Ein Blinder erlebt die Sonnenfinsternis täglich.

Um cego vive quotidianamente o eclipse do sol.

Ein Buch als Widmung ist eine Begegnung in vielen Worten.

Für Tobias Burghardt

Um livro como dedicatória é um encontro em muitas palavras.

Para Tobias Burghardt

Ich träume in der Wahlsprache, schreibe in der Wahlsprache. Stimmte etwas an der Wahl nicht, so daß ich in einer wahllosen Sackgasse stecke?

Sonho na língua de eleição, escrevo na língua de eleicção. Será que há algo de errado para que eu esteja num beco sem saída sem critério?

Rücksicht: Polizisten, die auf Diebe lauern, und Diebe, die ihnen zu entkommen versuchen.

Consideração: polícias à espreita de ladrões e ladrões que lhes tentam escapar.

“Maybe it was because of my own grave faults that I have learned indulgence for others”, schrieb S. Maugham. Ich hoffe, ich wäre so weit gekommen!

“Talvez fosse devido aos meus próprios erros graves que aprendi a indulgência para com os outros”, escreveu S. Maugham. Quem dera que eu já tivesse chegado a esse ponto!

Gebt uns euren Überdruß. Es ist unser Notwendigstes. (Ein Teil der Welt stirbt ab!)

Dêem-nos o vosso excesso. É o nosso indispensável. (Uma parte do mundo está a morrer!)

Die Haltung mancher Leute wird treffend von S. Maugham beschrieben: “One might have thought that the only use of culture is to enable one to talk nonsense with an air of distinction”.

A atitude de alguns é certeiramente descrita por S. Maugham: “Podia-se pensar que o único uso da cultura é permitir dizer disparates com um ar distinto”.

Manchmal nimmt man sich ein Blatt vor den Mund, um nicht wie Adam nach dem Sündenfall dazustehen. Die nackte Wahrheit könnte obszöne Leute schockieren.

Por vezes põe-se uma parra diante da boca, para não ficar como Adão, depois do pecado original. A verdade nua e crua podia chocar gente obscena.

Der Himmel meint, ich bin beschuht, aber der Boden verneint es. Großvater berichtete über die Kriegsjahre.

O céu diz que ando calçado mas a terra nega-o. Dizia o avô dos tempos de guerra.

Ich bin etwas seßhafter geworden. Manchmal gelingt es mir, auf den Ohren zu sitzen.

Estou um tanto mais sedentária. Por vezes, consigo fazer ouvidos de mercador.

Aus Mangel an Heimat, emigrierte sie in die Sprache.

Por ser apátrida, emigrou para a língua.

Wir sind alle ein Teil von dem, was wir sind, und ein Teil von dem, was wir gerne sein möchten.

Somos todos uma parte daquilo que somos e uma parte do que desejávamos ser.

Hochnäsige Leute verhalten sich zu einfachen Leuten wie der Hochmut zum Kleinmut.

As pessoas soberbas comportam-se em relação às simples como a ostentação face á simplicidade.

Sonnenmenschen gehen mit der Sonne unter.

Pessoas solares põem-se com o sol.

Manchmal begegnet man den Problemen wie der Krebs: seitlich.

Por vezes encaramos os problemas como o caranguejo: de lado.

Ein Lehrgang ist oft einem Leergang ähnlich.

Um percurso pedagógico é, frequentemente, parecido com um percurso vazio.

Die Freunde kommen und gehen. Die Feinde häufen sich.

Os amigos vão e vêm. Os inimigos acumulam-se.

Ein Glückspilz ist ein Pilz, der vom Glück nicht im Stich gelassen wird.

O sortudo é um cogumelo de quem a sorte nunca se esquece.

Die Menschen sollte man nicht verpflanzen. Sie vermissen ihre Wurzeln.

Não se devem transplantar as pessoas. Elas sentem saudade das raízes.

Die Almosen sind manchmal das Schweigegeld des schlechten Gewissens.

As esmolas são às vezes o preço da consciência.

Wenn es draußen kalt ist, muß man von innen heizen.

Se lá fora está frio é preciso aquecer a partir de dentro.

Gewissensbisse schweigen zu laut.

Os problemas de conscência calam-se muito alto.

Sinnliches: an Regentagen den Seetanggeruch und die lehmige Erde spüren können.

Sensual: poder sentir, em dias de chuva, a maresia e a terra barrenta.

Er schlief nie ohne Brille aus Angst, die Leute im Schlaf nicht erkennen zu können.

Ele nunca dormia sem óculos, com receio de não conseguir reconhecer as pessoas no sono.

Die Toten haben einen Kummer weniger: das Leben. Den Überlebenden wird der Schmerz des Verlustes hinzugefügt.

Os mortos têm menos uma preocupação: a vida. Aos vivos acresce a dor da perda.

Die Astrologen sagen immer die Wahrheit. Sybillinisches stimmt immer.

Os astrólogos têm sempre razão. O que é sibilino está sempre certo.

Man kehrt nie zurück. Wenn man es macht, ist man schon etwas älter geworden.

Nunca se volta atrás. Quando o fazemos, já envelhecemos um pouco.

Die Grenze zwischen überbrodelndem Glück und dem Wahn ist fürchterlich knapp.

A fronteira entre a felicidade exuberante e a locura é terrivelmente pequena.

Die Dichter verdichten die Welt, damit uns die Diaspora nicht so schwer fällt.

Für Tobias Burghardt

Os poetas condensam o mundo para que a diáspora não nos seja tão difícil.

Para Tobias Burghardt

Ein Problem, das eine Lösung hat, ist ein vorübergehendes Hindernis.

Um problema com solução é um obstáculo passageiro.

Streichespielen ist die Kunst der Zeit.

Pregar partidas é a arte do tempo.

Manche Reden werden so geschmückt wie Weihnachtsbäume. Es bleibt uns überlassen, was wichtiger ist: der Schmuck oder der Baum.

Alguns discursos são enfeitados como árvores de Natal. Cabe-nos decidir o que é mais importante, se o adorno, se a árvore.

“Ihabseilig”, sagen die Österreicher aus Angst, daß die Worte die Grenze überschreiten.

„Toucopressa“, dizem os austríacos, com medo de que as palavras ultrapassem a fronteira.

Eitelkeit lässt die image mit der mirage verwechseln.

A vaidade confunde a imagem com a miragem.

Wer nichts gibt, soll auch nichts verlangen.

Quem não dá, não deve exigir.

Einsamkeit ist die Kunst des Einzelgängers.

A solidão é a arte do solitário.

Ablagern wie der Wein, ohne Essig zu werden.

Assentar como o vinho, sem a tornar avinagrado.

Unter dem Sternbild von Saturnus vermisst man den Sonnenschein.

Sob o signo de Saturno, sente-se a falta do sol.

Eines Tages verliere ich den Kopf an der scharfen Zunge, die ich habe.

Um dia perco a cabeça pela língua afiada que tenho.

Es war kein Mißverständnis, es war ein Mistverständis!

Não foi um mal-entendido, foi uma porcaria de entendimento!

Sag nie nie, man macht alles schnurstracks durch.

Nunca digas nunca, passa-se literalmente por tudo.

Verachte die anderen nicht. Du verachtest ein Stück von dir.

Não desprezes os outros. Desprezas um pedaço de ti.

Der Neid verhält sich wie die Eifersucht. Er nagt an einem.

A inveja é como o ciume. Corrói-nos.

Freunde, die mit mir nur durch dick gehen können, sind mir zu dünn.

Acho demasiado magros os amigos que só podem atravessar comigo o tempo das vacas gordas.

Sie kannte alle Süchte. Sie hatte alle.

Ela conhecia todos os vícios. Tinha-os todos.

Bei manchen Kochrezepten fehlt es nicht an Taten, sondern an Zutaten.

Em alguns receitas não faltam as acções mas os ingredientes.

La torture remplit tout l'univers que se cache dans leur silence.

A tortura enche o universo que se oculta no seu silêncio.

Erfüll mir bitte nicht alle Wünsche! Was würde ich ohne sie anfangen?

Por favor não satisfaças todos os meus desejos!
Que faria eu sem eles?

Er malte sich eine riesige Sonne an die Wand, den Sommer verewigend.

Ele pintou um sol gigante na parede, eternizando o Verão.

Die Rechte der Studenten: Die Studenten dürfen nicht laut sein, sie dürfen Fragen stellen, auf die Toilette gehen und erst dann in die Klasse zurückkehren, wenn die Stunden sich lohnen.

Os direitos dos alunos: os alunos não devem fazer barulho, podem fazer perguntas e ir ao WC e só regressar às aulas se estas valerem a pena.

Gott versah das Meer mit Meersternen, damit die Menschen nicht nach den Sternen griffen.

Deus dotou o mar de estrelas do mar, para que os homens não aspirassem exageradamente.

Sag mir die Wahrheit, aber nicht die Ganze, ich weiß, daß sie bedrückend wirkt.

Diz-me a verdade, mas não toda. Sei que é deprimente.

Ein Alptraum wäre, das Träumen per Dekret verbieten zu können.

Um pesadelo seria poder proibir o sonho por decreto.

Wenn es ums Essen geht, esse ich. Wenn es ums Trinken geht, trinke ich. Wenn es ums Arbeiten geht, dann lege ich mich hin, weil ich nicht aus Eisen bin: Lebensphilosophie eines brasilianischen Freundes.

Quando se trata de comer, como. Quando se trata de beber, bebo. Quando se trata de trabalhar, deito-me, porque um homem não é de ferro: filosofia de vida de um amigo brasileiro.

Einige Leute ziehen Gott den Göttern vor. Es wären zu viele, um über sie Macht zu haben.

Algumas pessoas preferem Deus aos deuses. Seriam muitos a ter poder sobre eles.

Wenn man durch die Blume spricht, läuft man Gefahr, sie welken zu sehen.

Quando uma pessoa não é directa, corre o risco de ser mal interpretada.

Manche Hunde sollten ihre Herren Gassi führen. Vielleicht gelänge es ihnen, sie zu erziehen.

Alguns cães deviam levar os donos a urinar. Talvez os conseguissem educar.

Mir ist der Kaffee zu dünn für einen Kaffeesatz.

O café parece-me demasiado fraco para um aforismo.

Da, wo ich einen Satz schreiben kann, schreibe ich kein Buch.

Onde posso escrever uma frase, não escrevo um livro.

Der Unterschied zwischen “kam” und “Kamm” liegt an dem Unterschied der Zahl der Zähne, die die Bedeutung ändern.

A diferença entre “kam” e “Kamm” está na diferença do número de dentes que altera o significado.

Endormis comme la boûche d’un rêve, nährten seine Bilder ihre rêverie.

Adormecidos como a bôca de um sonho, os quadros dele alimentavam a rêverie dela.

Dans la nuit plus profonde de mon être, je me suis levée pour te connaître: Begegnung mit dem Leser.

Na noite mais profunda do meu ser, ergui-me para te conhecer: encontro com o leitor.

Nein, ich weine nicht. On a crevé mes yeux.

Não, não choro. Esvaziaram-me os olhos.

J'allume les alluméttes, in deren Feuer ich brenne.

Acendo os fósforos, em cujo fogo ardo.

Mein Galgenhumor endet am Galgen.

O meu humor negro termina na forca.

Die Israelis haben das Los ihrer Ahnen vergessen, sie trauen sich, die Palästinenser in die Diaspora des Oubli zu vertreiben.

Os israelitas esqueçaram o destino dos seus antepassados e ousam empurrar os Palestinianos para a diáspora do olvido.

Good mourning, dachte ich mir auf dem Weg zum Englischunterricht.

Bom luto, pensava eu a caminho da aula de inglês.

Ça m'ennuie, ç'est minuit!

Estou aborrecida. É meia-noite!

Per Du sein.
Je suis perdue/ et il n'y a quelqun/ qui me rappèle/ qui est ce que je suis/car les gens sont disparus/ et sana eux je ne suis rien.

Tratar-se por tu
Estou perdida/ e não há ninguem/ que me lembre/ quem sou/ pois as pessoas desapareceram/ e, sem elas, não sou nada.

Mein Körper schlägt réveil, écoute ce qu'il dit.

O meu corpo madruga, escuta o que ele diz.

Geschrieben steht: «Und schau, o Israel, es wird kein Stein auf dem anderen Stein bleiben». Ist das ein Fluch oder eine Warnung?

Está escrito «E olha ó Israel, não restará pedra sobre pedra». Será isto uma maldição ou um aviso?

Die Schlägerei.
Mein Herz schlägt.
Die Wanduhr schlägt die Nullzeit.
Wir schlagen den Nullweg ein.
Menschen schlagen ihre Worte in den Wind.

O batuque.
O meu coração bate.
O relógio de parede bate o tempo vazio.
Enveredamos pelo caminho do nada.
As pessoas falam em vão.

Es regnet.
Pilze aller Farben sprießen aus der Straße.
Darunter bewegen sich menschliche Schatten in der Nässe.
Meine Geduld tropft zur Neige.
Il neige dans mon cœur und ich empfinde eine lähmende Kälte.

Chove.
Cogumelos multicolores brotam do chão da rua.
Debaixo há figuras humanas que se movem na humidade.
A minha paciência esgota-se a conta-gotas.
Neva no meu coração e sinto um frio entorpecedor.

Der Aphoristiker als zerstreuter Vogel springt von einem Gedanken in den nächsten.

O aforista salta despassarado dum pensamento para o outro.

Der Vorteil der Brillen den Augen gegenüber besteht darin, daß sie nicht verlegen ausschauen.

A vantagem dos óculos em relação aos olhos é a de que não parecem embatucados.

Die Menschen sind wie die Stadt. Man kommt nie hinter alle ihre Geheimnisse.

As pessoas são como a cidade. Nunca se lhe descobrem todos os segredos.

Ein Buch ist eine Einladung ins Abenteuer des Lesens.

Um livro é um convite à aventura da leitura.

Vergeude die Zeit nicht, denn nur die Dauer ist dir verliehen.

Não desperdices o tempo, pois só te foi concedida a duração.

Tobias Burghardt

Schreiben in der anderen eigenen Sprache

Ein Gedicht rettet einen Tag

Roberto Juarroz

Als die poetische Miniatur „Hinter dem Schweigen steckt manchmal eine lange Nacht“ von Maria de Nazaré Sanches anläßlich eines Lyrikprojekts der Zeitschrift „Das Gedicht“ hierzulande bekannt wurde, fand sie ein bemerkenswertes Echo: „eine willkommene geistreiche Abwechslung“ (dpa München); „rätselhaft“ (Nürnberger Nachrichten); „vieldeutig, geheimnisvoll, Poesie zum Träumen“ (Hamburger Abendblatt). Zudem erschienen kleine Textauswahlen von ihr in der Eßlinger Zeitung und Neuen Zürcher Zeitung.

Die portugiesische Autorin Maria de Nazaré Sanches schreibt ursprünglich in ihrer „Wahlsprache“ Deutsch, die sie in ihren letzten beiden angolanischen Schuljahren in Luanda zu erlernen begann. In Lissabon studierte sie dann Germanistik. In der Fremdsprache Deutsch sucht sie eine

„Heimat". Sie zählt Kafka zu ihren Lieblingsschriftstellern. Canetti begegnete sie während eines Studienaufenthaltes in Salzburg. Zur Versöhnung mit ihrer Muttersprache entstanden allmählich ihre portugiesischen Parallelversionen, aus denen sie eine Vorauswahl in der Zeitschrift „DiVersos" veröffentlichte. Sie entdeckte Antonio Porchia durch ihre Erstübersetzungen für Portugal. Und fast 200 Aphorismen, je zweisprachig, versammelt erstmals das vorliegende Buch.

Nach ihrer früh verstorbenen Großmutter Maria de Nazareth Jakob Sanches, die sie nur aus Fotoalben kennt, wurde sie gemäß altem Brauch benannt. Die Familie war eine altjüdische, die irgendwann einmal aus Spanien gekommen war und sich hatte taufen lassen; daher die zwei Beinamen Pereira (Birnbaum) und Carvalho (Eiche), denn mit Baumnamen wurden konvertierte Juden in Portugal geschmückt. Ich glaube, daß das hierbei relevant ist: für jene andere Sprache, in der sie schreibt; für ihren eigenen Weg innerhalb der Literatur, der sich durch ihre poetische Gedankenwelt selbst ausdrückt; für ihren interkulturellen Blick, der für uns, die lesen, Glück oder Weisheit sein kann.

Stuttgart, den 2. Feber 2004

Maria de Nazaré Sanches (eigentlich: Maria de Nazaré Pereira de Carvalho Sanches) wurde am 2. Februar 1954 in São Sebastião da Pedreira, Lissabon, geboren. Sie verbrachte ihre Kindheit und Jugendzeit in Luanda (Angola), wo sie in der Oberstufe Deutsch wählte. Nach ihrer Rückkehr 1972 nach Portugal studierte sie Germanistik an den Universitäten von Lissabon, Salzburg und Freiburg. Die zweisprachige Autorin und Übersetzerin lebt heute in Loures bei Lissabon. Ihr Essay *Der Aphorismus als „Schelmensprache"* wurde in der Zeitschrift für Essayistik und Dichtung „Delta", Heft 9, Stuttgart 1990, mit der Auswahl von 20 Aphorismen erstveröffentlicht. Das vorliegende Buch ist ihr Debütband.